절약의 꽃말은 수줍음
이기내의 꽃말은 용기

박 노 덕

정원에 대하여

백온유 소설

정원에 대하여

차례

정원에 대하여

정원이 떠나던 그날, 우리는 옥상에서 만났다. 그 애는 내게 "사실 나도 너를 좋아했어"라고 말했다. 나는 믿지 않았다. 좋아하는 마음은 어떻게든 티가 날 수밖에 없는 것 아닌가. 틀어막은 내 마음이 걸핏하면 빛이나 연기처럼 새어 나왔듯이. 게다가 우리는 2년이나 거의 매일 얼굴을 보고 살았다. 내가 정원의 얼굴에서 읽어낸 감정은 대부분 권태 혹은 불안이었고 가끔은 환멸, 또 가끔은 모멸감이었다. 그래서 나는 정원이 마지막으로 내게 어떤 도리를 다하기 위해 예의를 갖추는 것이 아닌가, 하고 의심했다.

"억지로 그렇게 말해줄 것 없어."

내가 말하자 정원은 나를 가만히 노려보다가 쏘아붙였다.

"믿고 싶은 대로 믿어."

믿고 싶은 대로 믿을 수 있다면 나는 이런 것들을 믿고 싶었다. 내가 정원을 떠올리던 순간마다 정원 역시 나를 떠올렸을 수도 있다는 것. 내가 B01호에 내려가 문제집이나 책 따위를 건네던 날, 그 애의 눈동자와 눈썹에 내 눈길이 머물렀듯이 그 애도 찰나의 순간 내 얼굴이나 몸 어딘가에 시선을 두었을 수도 있다는 것. 우리가 주고받은 짧고 사소한 메시지들을 닳도록 읽어 모든 내용을 외워버린 나처럼 그 애도 우리의 대화를 곱씹었을 수도 있다는 것……

마음속으로 그럴 리 없다 여기면서도 나는 간절한 마음으로 정원에게 물었다.

"언제부터였는데?"

정원은 고개를 떨구고 한참을 머뭇거리다 결국 대답했다.

"처음부터. 그래, 처음부터였어"라고.

*

순미 이모네가 B01호에 이사 오던 날은 1학년 겨울방학이 시작되던 날이었다. 12월 말인데도 신기할 만큼 포근한 날씨였던 터라 엄마는 이모에게 좋은 징조가 아니겠냐고 웃으며 말했다. 세 사람의 짐은 28인치 캐리어 두 개와 각자의 등에 멘 가방 세 개로 아주 단출했기에 용달을 부르지 않고 경전철을 이용해 의정부까지 왔다고 했다. 이삿짐 옮기는 것을 도와주러 내려온 아빠와 나는 손에 꼈던 목장갑을 슬쩍 벗어 뒷주머니에 넣었다. 처음 나의 시선을 끈 건 정원보다는 정원의 동생 유정이 었다. 키가 내 허리까지밖에 안 오는 어린애가 부 피감이 느껴지는 큰 가방을 메고 있었기 때문이었 다. 거북이 등딱지같이 불룩 튀어나온 가방을 메고 꾸벅 인사하는 모습이 귀여워 보였다. 나는 동생도 없는 데다 고종 사촌들 중에서도 가장 어려서 평소 에 애들을 볼 일이 없어서인지 첫눈에 유정에게 잘 대해주고 싶은 마음이 들었다.

"무겁지 않아? 가방 들어줄까?"

내가 묻자 유정은 한 손으로는 가방끈을 쥐고 한 손은 정원의 손을 그러쥔 채 고개를 도리도리 저었다. 앙증맞게 낯을 가리는 모습에 어른들은 크 게 웃음을 터뜨렸고 나도 저절로 웃음이 나왔지만 유정은 몸을 움츠리고 어쩔 줄 몰라 했다. 나를 의 식한 듯 정원은 유정의 가방을 벗겨 자신의 어깨에 걸쳤다. 그때 정원과 눈이 처음으로 마주쳤다. 그 애는 눈이 크고 쌍꺼풀이 진했다. 인상이 뭔가 독특하다는 느낌을 받았는데 왜 그런 느낌이 든 건지 그때는 알지 못했다.

순미 이모네가 이사 오기 3주 전, 엄마는 아빠에게 비어 있던 B01호에 들어올 사람이 있으니 도배와 장판 시공을 맡아줄 업자를 빠른 시일 내에 알아보라고 말했다. 상의도 없이 독단적으로 결정한 일이라 아빠는 한동안 기분이 상한 기색이었지만 늘 그래왔듯이 엄마의 고집을 꺾지 못한다는 사실을 빠르게 받아들였다. 하지만 시공을 끝낸 후 엄마가 집세도 받지 않겠다고 선언하자 아빠는 크게 반발했다.

1981년에 지어진 희락빌라는 반지하가 있는 4층짜리 다세대 주택이었으며 건축주는 외할아버지 김희락 씨였고 그가 10년 전 별세한 후 유언장에 따라 하나밖에 없는 딸, 내 엄마 김상희 씨에게로 상속되었다. 희락빌라는 4층은 한 세대가, 지층부터 3층까지는 한 층에 두 세대가 살 수 있도록 설계되었다.

　사선으로 기울어진 땅에 건물이 지어진 탓에 B01호는 창문이 도로의 높이보다 낮았고 B02호는 창문이 지상으로 드러난 형태였다. 당시 B01호에 마지막으로 살았던 오십대 남자가 1년 넘게 월세를 내지 않고 보증금을 다 까먹은 뒤 어느 날 말도 없이 사라진 상태였다. 밀린 관리비와 월세, 쓰레기로 뒤덮인 집을 복구한 비용을 받아내려 엄마가 명도소송을 걸었지만 남자의 초본을 떼어봐도 다른 주소지로 전입 신고한 기록이 없어 송달되지 않았다. 엄마는 피해를 고스란히 떠안은 채 B01호를 2년간 비워놓았다.

　사실 세입자를 찾으려는 노력을 아예 하지 않은 것은 아니었고 몇 명이 방을 보고 가긴 했다. 하지만 오는 사람마다 집 상태를 흘깃 보고는 월세를

깎아달라거나, 보증금 없이 월세만 내고 살게 해달라거나, 에어컨과 보일러를 전부 바꿔달라는 등의 요구를 했고 엄마는 까다로운 세입자를 받고 싶지 않아 조건을 수용하지 않았다. 그리고 그즈음 유례없는 폭우로 인해 근방 다세대 주택에 거주하는 지층 사람들이 큰 피해를 입는 일이 있었다. 괜히 악덕 건물주라는 오명을 덮어쓰게 될까 지레 겁먹고 엄마는 공인중개사 사무소에 부탁해 매물 목록에서 B01호를 아예 삭제했다. 이후 희락빌라 B01호는 가족의 창고로 쓰이고 있었다.

엄마와 순미 이모는 여중 여고를 같이 나온 동창이었다. 내가 "엄마 단짝이었어?" 하고 물으니 엄마는 잠깐 망설이다가 "노는 무리가 달랐어" 하고 얼버무렸다. 엄마는 도배와 장판을 새로 했을 뿐만 아니라 아빠와 함께 중고 가전 센터에 들러 쓸 만한 전자레인지와 전기밥솥을 사서 들여놓았다. 냉장

고와 가스레인지는 전에 살던 사람이 두고 간 것을 깨끗하게 닦아놓았고, 이모가 오자마자 바로 쓸 수 있도록 도시가스 전입신고 예약도 미리 해두었다.

"우리 결혼식에도 안 온 사람 아니야? 장인어른 장례식 때도 안 왔지? 친하게 지내던 사이도 아닌 것 같은데 당신, 동창한테 약점 잡힌 거 있어?"

아빠가 빈정거리며 물었을 때, 엄마는 발끈하며 부인했다.

"날 뭘로 보고? 내가 어디 가서 약점 잡힐 사람이야? 그냥, 걔 사는 꼴이 하도 답답하니까 모른 척하기 찝찝해서 그래."

그게 전부냐고 나와 아빠가 번갈아 가며 묻자 엄마는 자신도 피곤하다는 듯 능청스럽게 말했다.

"그나마 동창 중에 내가 형편이 제일 나은 편이잖아. 이럴 때 나서야지. 좋은 일 한번 하자, 우리."

엄마는 세 모녀의 기구하고 가련한 사연을 늘어놓았고, 알게 된 이상 아빠도 무작정 반대하기가 껄끄러운 것 같았다. 아빠는 2년간 월세를 받지 않는 대신 무상임대차 계약서를 쓰라고 했고, 엄마 또한 동의했다. 엄마는 순미 이모네가 들어오기 전날 아빠와 내게 여러 번 당부했다.

"비어 있던 방이라고 절대로 말하지 마. 특히 은석. 너 입조심해. 저 위해서 전에 있던 세입자 계약 연장 안 하고 내보냈다고 했단 말이야. 왜긴, 왜야. 남아도는 방 거저 주는 줄 알 거 아니야."

"또 공치사는 하고 싶어서, 저렇게 속이 빤히 보이는 짓을 해요."

아빠는 엄마가 생색을 낸다며 이죽거렸지만 엄마는 아랑곳하지 않았다. 그러니까 내 어머니와 아버지는 원래 그런 식으로 말하는 사람들이었다. 협잡을 꾸미거나 없는 말을 만들어내지는 않지만 뭐랄까, 점잖지 못했고, 심하게 표현하면 경박했다. 어쨌거나 나 또한 자선하는 기분에 흠뻑 빠진 엄마에게 동화되어 있었다. 이사 오는 이들에 의해

조금 성가신 일들이 생길지라도 감안하고 친절을
베풀 마음의 준비를 끝낸 것이다.

*

순미 이모는 B01호의 문을 열고 들어서자마자
엄마의 손을 잡고 눈물을 글썽였다.

"세상에! 상희야. 방이 두 칸이라고는 안 했잖
아. 주방도 따로 있는지 몰랐는데. 집이 대궐 같다,
얘. 깨끗하고 너무 좋다. 정원아, 유정아, 들어와봐.
작은 방은 정원이 혼자 써도 되겠다. 정원이 소원
성취했네."

나중에 알게 된 사실이지만 순미 이모는 좋은
것도, 나쁜 것도 느끼는 것보다 조금씩 과장해서 말
하는 버릇이 있었다. 엄마를 도와 먼지 쌓인 B01호
를 함께 쓸고 닦으며 이 집에 들어올 가족이 새 보
금자리를 안락하게 느끼기를 바랐지만 이모가 생

각보다 더 감격한 듯해 조금 머쓱했다. 아무리 단장해봤자 B01호는 볕도, 바람도 다른 집의 반의반밖에 들어오지 않아 어두침침하고 꿉꿉했다. 지금은 티가 나지 않지만 장마철이 되면 구석에서부터 스멀스멀 곰팡이가 번질 것이 분명했다.

쭈뼛거리며 집을 둘러보던 정원이 큰방 모서리에 놓인 원목 책상과 의자를 발견하고 놀란 듯 순미 이모를 바라보았다. 이모는 눈이 휘둥그레져서 엄마에게 물었다.

"저것도 네가 준비한 거야?"

"새거 아니야. 애들 공부할 책상은 있어야 되니까."

살아생전 할아버지가 쓰던 책상이었다. 손때가 묻은 가구라 쉽게 내다 버리지는 못했지만 서재를 반이나 차지하고 있던 책상을 엄마는 '처치 곤란'이라고 표현하곤 했다. 엘리베이터가 없는 탓에 계단으로 옮기느라 나와 아빠가 무척 고생했다. 정원은 우리를 향해 보일 듯 말 듯 고개를 꾸벅 숙여 감사의 마음을 표현했는데 나는 그 순간 가슴이 뿌듯해졌다.

그날 두 가족은 4층에서 엄마가 준비한 저녁을 함께 먹었다. 그 자리에서 순미 이모는 자신의 곤궁한 처지에 대해 솔직히 털어놓으며 우리 가족에게 이해를 구했다.

"정말 감사해요. 염치 없게도 제가 궁지에 몰리니까 생각나는 게 상희밖에 없더라고요. 아시겠지만 상희가 원래 그런 게 있잖아요. 공명심, 의협심 같은 거요. 어릴 때부터 동아리 회장 같은 것도 했었고."

치어리딩 동아리와 공명심이 무슨 상관인지 모르겠지만 식사 내내 순미 이모는 엄마를 치켜세웠다. 이모네의 현재 사정이라면 그 자리에 앉아 있는 사람들 모두가(아마 여섯 살 유정이까지) 빤히 알고 있는 사실이었기 때문에 어른들끼리는 터놓고 이야기하는 것이 오히려 마음 편했을지 모르지만 나로서는 곤혹스러운 느낌이었다. 정원 역시 나와 비슷하거나 더 불편한 감정을 느끼는 것 같았다. 밥을 먹는 동안 나는 정원을 몇 번이나 흘깃댔지만 그 애는 줄곧 식탁에만 눈길을 고정하며 새 모이만큼 음식을 먹었다. 그러곤 유정이 반찬을 실수로 흘리면 아주 낮고 작은 목소리로 타박하며 흘린 반찬을 휴지로 얼른 훔쳤다. 이모네가 집으로 돌아간 후 나는 조금 걱정이 되었다. 정원이 내가 다니는 고등학교로 전학을 오게 되면, 과연 어색하지 않게 잘 지낼 수 있을까 싶었던 것이다.

"엄마, 순미 이모 딸 있잖아."

정원의 이름을 벌써 외웠으면서 괜히 그렇게 말했다.

"정원이?"

"응, 걔. 우리 학교로 전학 오지?"

"그게, 원래 안 되는 건데 간신히 전에 다니던

학교 담임한테 부탁해서 출석 일수 채웠대. 편법이긴 한데 그렇게라도 해야지, 뭐. 애들이 무슨 잘못이야. 아빠가 좀 개차반이라야 말이지. 지 아빠한테 쫓겨 다닌다고 작년에는 학교를 글쎄 반년도 못 다녔다는데 진도는 따라가겠어? 그래도 여기가 대학깨나 보내는 명문인데."

"엄마. 여기가 무슨 명문이야. 상기 형 말고는 좋은 대학 간 사람도 없어. 솔직히 우리 학교 애들 다 꼴통이야."

나의 지나치게 냉철한 주제 파악이 불편했는지 엄마는 큰 모욕을 당한 듯 인상을 찌푸렸다. 나에 관한 한 엄마는 과대망상이라고 할 만큼 기대가 크고 너그러운 편이었다.

"꼴통이라니. 그럼 너도 꼴통이니? 말을 해도 꼭. 아무튼, 정원이한테 잘해줘. 애가 얼굴에 그늘이 졌더라. 예쁘장한 애가 눈썹이 그게 뭐야."

"눈썹이 왜?"

"못 봤니? 걔가 스트레스를 받으면 그렇게 눈썹을 뽑는대."

그러고 보니 정원의 얼굴에서 느꼈던 미묘한 위화감은 눈썹의 부재에서 오는 것이었다. 앞머리를 길러 이마를 덮고 있기는 했지만 살짝이라도 이마와 눈썹 뼈가 드러나면 무언가 기이한 느낌이 들었다. 정원에 대해 궁금증이 일었지만 캐묻기는 민망해서 나는 관심이 없는 척했다. 시간이 지나면 저절로 알게 되겠거니 싶었다. 그러니까 정원이 좋아하는 건 뭔지, 싫어하는 건 뭔지, 무서워하는 건 뭔지.

하지만 그날의 식사 후로 정원을 볼 일은 거의 없었다. 다른 이웃들과 마찬가지로 작정하지 않고서야 마주칠 일이 없었던 것이다.

나는 겨울방학을 맞아 오전부터 오후까지 학원 특강을 들었다. 그리고 간간이 세 모녀의 일상을 엄마의 입으로 전해 들었다. 순미 이모는 엄마의 지인이 운영하는 감자탕집에서 주 5일씩 일하기 시작했고, 유정은 새해부터 근처 교회에서 운영하는 어린이집에 다니게 되었다. 정원은 순조롭게 고등학교 전학 수속을 마쳤다고 했다. 도움 없이도 새로운 환경에 각자 잘 적응하고 있는 듯해 조금 아쉬운 기분마저 들었다. 어쩌면 나는 그들을 내 지루한 일상에 재미를 더해줄 흥미로운 사건으로 여겼는지 모른다.

방학 내내 학원에서 시간을 보내면서도 그 시간이 유의미하다고 생각하지 않았다. 2학년 1학기 선행 학습을 겨울방학에 하고, 학기 중에는 2학년 2학기 진도를 나가고, 여름방학에는 3학년 진도를 미리 나갈 게 뻔했다. 매번 삶을 한 템포씩 빠르게 진행하는 것이 과연 무슨 의미가 있는지 솔직히 잘 이해가 되지 않았다. 그렇다고 이 대열을 이탈할 용기가 있는 것도 아니었다. 나는 나의 평범함을 인정하고 다만 이 레이스에서 눈에 띄게 낙오되지만 않기를 바랄 뿐이었다.

생활이 지루해질 때 나는 스트레스를 받으면 눈썹을 뽑는다는 아이를 가끔 떠올렸다. 같은 건물에 사는데 어째서 우연으로도 마주치지 않는 건지 의아했다.

*

무료하고 느슨한 겨울방학을 보낸 후 새 학기가 시작되는 날, 우연히 등굣길에 정원을 만났다. 자전거를 타고 가던 중 낯익은 가방이 눈에 들어와 속도를 늦췄다.

"안녕."

정원은 당황스러운 눈으로 나를 돌아보더니 작은 목소리로 안녕, 하고 인사했다. 나는 자전거에서 내려 정원에게 말을 걸었다.

"교복 샀네."

"응."

"우리 학교 어딘지 알아?"

"알아."

"그래? 몇 반인지 확인했어?"

"2학년 3반."

"어? 나돈데. 신기하네."

나는 자전거를 끌고 정원이 걷는 속도에 맞춰 걸었다.

"같은 반일 줄은 몰랐네. 잘됐다. 아침 먹고 왔어?"

"아니. 유정이 데려다주고 등교해야 해서 시간이 없었어."

"그렇구나."

정원이 내게 물었다.

"너는 학교에 친구들 많지?"

"이 동네에 학교가 하나뿐이라서 초등학교 친

구들이 중학교 친구들이고, 중학교 친구들이 고등
학교 친구들이고 그래."

정원은 작게 고개를 끄덕였다. 나는 침묵을 견
디기 힘들어 혼자 학교에 대한 설명을 주절거렸다.
네가 서울에서 왔다고 하면 다들 관심을 가질 것이
다, 약간 텃세가 있을 수도 있지만 나쁜 애들은 아
니다, 급식이 맛없는 편이라 매점 가는 애들이 많
다, 국어 쌤은 천사다, 그런 말들.

"도움 필요한 거 있으면 얘기해. 필요하면 교
과서나 학원에서 받은 기출 문제집 같은 거 빌려줄
수 있어."

"있으면 좋긴 한데……. 어디서부터 시작해야
할지 모르겠네."

"음…… EBS로 1학년 거부터 들으면 될 거야."

사실 중학교 때부터 출석을 제대로 하지 못했
다면 들어봤자 진도를 따라잡기 힘들 거라는 걸 알
면서도 나는 그렇게 말했다. 정원은 작은 목소리로

들릴 듯 말 듯 그렇구나, 하고 중얼거렸다.

"은석아."

정원이 내 이름을 불러 조금 놀랐다.

그 애가 나를 똑바로 쳐다보았다. 그때 바람이 불었고 정원의 앞머리가 흩날려 이마가 드러났다. 기분이 이상해져 일부러 눈길을 돌려 정원의 정수리 쪽을 보았다. 정원은 마르고 키가 작은 편이었다. 하얀 피부에 핏기 없는 입술, 눈썹은 죄다 뽑혀 있고, 눈은 신기할 정도로 맑고 컸다.

"부탁 좀 할게. 우리 같은 건물 산다는 거 비밀로 해주라."

당혹스러운 티를 내지 않으려 애쓰며 고개를 끄덕였다.

"당연하지. 원래도 말할 생각 없었어."

"그리고 나에 대해서도 다."

"당연하지. 비밀로 할게."

"우리는 오늘 처음 만난 거야. 그렇게 대해주

라, 학교에서."

"알았어."

"먼저 가. 난 천천히 갈게."

"응. 이따 보자."

나는 말 잘 듣는 강아지처럼 정원이 하라는 대로 했다. 자전거를 타고 학교로 향하는 길에 연재와 준수와 경환이를 만났다. 어제 학원에서도 만났던 아이들이었다. 연재와는 1학년 때와 마찬가지로 같은 반이 되어 반갑게 인사를 나눴다. 보관소에 자전거를 세워두고 매점에 들러 빵과 우유를 사서 2학년 3반 교실로 들어갔다. 시끌벅적한 아이들 틈에 끼어 떠들면서도 나는 수시로 교실 문을 흘끔거렸다. 종이 치고서야 정원은 담임선생님과 함께 들어왔다.

정원은 아이들의 관심에 적당히 반응해주었다. 내가 정원에 대해 오해했다는 것을 금세 깨달았다. 숫기 없이 겉돌다가 혼자 매점에서 점심을 때울 것 같았는데 정원은 그날 바로 반에서 제일 활달한 여자애들 무리 속에 자연스럽게 섞여 들어갔다. 정원에게는 아이들의 눈길을 끄는 어떤 부분들이 있는 것 같았다.

서울 어디에서 왔어? 혹시 사고 쳐서 강제 전학 온 거야? 너 공부 잘해? 남자친구 있어? SNS 있어? 그런 시시하고 무례한 질문들에 정원은 의연하게 대처했다.

"부모님이 작년에 이혼하셨거든. 엄마 고향이 여기라서 온 거야. 나 사고 안 쳤어. 공부는 못하는 편이고. 남친 없어. SNS 안 하는데 조만간 만들려고."

정원은 내가 자신의 얘기에 귀를 쫑긋 세우고 있는 것을 아는지 모르는지 아이들 앞에서 아무렇지도 않게 거짓말을 했다. 작은 불행으로 더 큰 불행을 덮는다는 전략이었을까. 순미 이모가 이 동네로 온 것은 이혼 때문이 아니었다. 이모의 고향이 이곳이라는 것도 사실이 아니었다. 하지만 정원의 대답은 아이들의 질문들을 방어하기에 적절했다. 호기심을 충족시키기에 충분했다고 해야 할까.

정원은 학교에서도 내 도움을 전혀 필요로 하지 않았다. 점심시간에 같이 급식을 먹으러 가는 무리도 생겼고, 쉬는 시간에는 반에서 여자애들이 정원을 앉혀놓고 고데기로 머리를 펴주거나 화장을 시켜주기도 했다. 얼핏 봐도 공부에는 전혀 흥미가 없어 보였지만 그건 어쩔 수 없는 일이었다.

엄마는 이따금 내게 정원이 학교에 잘 적응하고 있느냐고 물었다. 적당히 잘 지내고 있다고 말하면 엄마는 당부했다.

"정원이 잘 챙겨줘."

"알아서 잘하던데 뭘."

"그럼 다행이고. 애가 참 꾸밀 줄도 모르고, 앙상해서 볼 때마다 마음이 쓰이더라."

나는 정원에게 도움이 될 만한 게 뭐가 있을까

고민하다가 엄마에게 넌지시 물었다.

"그럼 안 쓰는 태블릿 하나 걔 빌려줄까? 인강 들을 때 쓰라고."

엄마는 선선히 그러라고 했다. 나는 태블릿을 가지고 B01호에 내려갔다. 초인종을 누르자 순미 이모가 나왔다. 태블릿을 빌려주려고 왔다고 하자 반색하며 집으로 들어오라고 했는데, 애초에 물건만 주고 가려던 터라 나는 당황했다. 얼떨결에 들어갔지만 신발을 벗지도 못한 채 현관에 엉거주춤 서 있었다. 이모가 정원아, 나와봐, 하고 그 애를 불렀다. 가벼운 잠옷 차림으로 있던 정원이 작은 방에서 얼굴을 빼꼼 내밀었다가 나를 보고 흠칫 놀랐다. 잠시 후 그 애가 겉옷을 걸치고 현관으로 나왔다.

"무슨 일이야?"

"밤에 갑자기 미안. 이거 때문에. 내가 안 쓰는 건데 너 빌려주려고. 인강 들을 때 쓰면 좋을 것 같아서.”

정원은 좋은 건지 싫은 건지 알 수 없는 표정으로 태블릿을 받아 들었다. 아마 그때부터였을 것이다. 나는 정원의 그런 표정을 보면 왠지 주눅이 들고 마음이 초조해져 말이 빨라졌다.

“새거가 아니긴 한데, 영상 보는 데는 아무 문제 없어. 혹시 어려운 거 있으면 말해. 알려줄게. 그런데 내가 네 번호가 없더라. 번호 좀 줄 수 있어? 어, 내가 폰을 안 가져왔네. 어떡하지……..”

정원은 내가 웅얼대는 동안 가만히 듣고만 있더니 방에서 자기 핸드폰을 가지고 나와 내게 번호를 찍으라고 말했다. 그 애가 내 번호로 전화를 걸었고, 우리는 그렇게 번호를 주고받았다. 정원이 태블릿을 품에 안고 작게 고맙다고 말했다. 그날 나는 처음으로 정원의 얼굴을 똑바로 마주 보았던 것 같다. 앞머리로 가려진 틈 사이로 정원의 눈썹이 민둥민둥한 것이 눈에 들어왔다.

　　　　　　　　　　　　　*

　　우리는 종종 문자를 주고받았다. 주로 내가 문
자를 보내면 정원이 대답을 해준 것에 불과했지만
주고받은 건 주고받은 거였다.

5월 17일

　　　　　　확률과 통계 숙제 20페이지까지 맞아? 19:25

응 22:22

　　　　　　　　　　　　　　　　　고마워 22:23

6월 19일

　　　　　　EBS 강의 들을 만해? 학원에서 우리 학교

　　　　　　기출 문제 뽑아준 거 있는데 스캔해서

　　　　　　파일로 보내줄게 내가 체크한 것만 보면 돼

　　　　　　모르는 거 있으면 물어봐 20:00

고마워 21:22

　　　　　　이게 솔직히 나한테도 어렵긴 해

주말에 스터디 할래? 중간고사

얼마 안 남았으니까 21:23

나는 못 따라갈 것 같아 혼자 해 23:55

모르는 거 있으면 물어봐도 돼! 23:58

어 00:10

6월 20일

정원아 17:00

? 17:10

아이스크림 먹을래? 냉장고에 많아서 17:11

아니 17:13

구슬 아이스크림인데? 17:13

안 먹는다고 17:17

유정이한테도 물어봐 17:18

먹는대 17:20

지금 가져다줄게 네 거랑

이모 거랑 세 개 17:21

대부분 미지근하고 변칙적으로 퉁명스러워지는 정원의 반응에 혼자 애타고 혼자 설레며 봄과 여름을 통과했다. 그즈음 나는 정원을 좋아하고 있다는 사실을 스스로 인정했다. 그 애는 내가 상당히 성가신 것 같았지만 언제부턴가는 원래 오지랖이 넓은 애라 여기고 적당히 상대해주는 것 같았다. 그나마 다행인 건 동생인 유정이 나를 잘 따른다는 것이었다. 과자나 아이스크림을 수시로 사주고 집에 있던 책이나 레고 같은 걸 선물이랍시고 안겨주었기 때문일 것이다. 순미 이모는 학원에서 제공하는 기출 문제집과 유료 동영상 강의 링크를 정원에게 주었다는 사실을 전해 듣고선 (정원의 성적과는 별개로) 내게 몹시 고마워했다. 정원이 나를 좋아할 기미는 전혀 없었지만 유정과 이모가 내게 호감을 보이는 것만으로도 나는 기뻤다. 이런 시간이 계속 이어진다면 언젠가는 자연스럽게 내가 정원의 일상에 스며들 수도 있지 않을까, 그런 기대를 품고 있었던 것 같다.

*

어느 주말 이른 아침, 순미 이모가 우리 집 현관문을 두드렸다. 엄마는 인터폰을 확인하고 무슨 일이냐고 물었는데, 이모는 다급한 목소리로 잠시만 문을 열어달라고 말했다. 문이 열리자마자 이모는 집 안으로 뛰어 들어와 곧장 화장실로 향했다. 볼일을 보고 나온 이모는 멋쩍은 표정을 지으며 집에 변기가 막혔다고 했다.

"막혔으면 뚫어야지."

"며칠 전부터 심상치 않길래, 내가 뚫어뻥으로 뚫었어. 어제는 잘 내려가더니 오늘 또 말썽이네. 실은 우리가 변기를 쓰지 않을 때도 자주 꿀렁거리는 소리가 들렸어. 물이 가득 찼다가 오수가 역류하기도 하고."

"진작 말하지. 수리기사 불러야겠다."

나는 거실에서 순미 이모와 엄마의 이야기를 들었다.

"고칠 때까지는 애들보고 옆에 있는 교회 가서 일 보라고 하려고."

"한누리교회? 100미터는 가야 되는데. 유정이는 가는 길에 싸겠다. 멀리 갈 거 뭐 있어? 그냥 우리 집 화장실 써. 우리는 안방 화장실 쓰고 너희는 은석이 방 옆에 있는 화장실 쓰면 되겠네. 기사님한테 월요일에 고쳐달라고 말해놓을 테니까 걱정 마."

주말 이틀 동안 순미 이모네 가족은 다섯 번 정도 초인종을 눌렀다. 나중에는 벨 소리가 시끄럽고 번거롭다며 엄마는 내게 현관문을 열어두라고 말했다. 정원은 유정의 손을 잡고 와서 화장실을 썼는데 나는 일부러 정원을 배려해 방에서 나가지 않으려고 했다. 그런데도 거실에서 정원과 두 번이나 마주치고 말았다. 그 애는 나를 발견하고 머쓱한 듯 고개를 숙였다. 아무렇지 않은 척했지만 나도 민망하긴 마찬가지였다.

다음 날, 학교에 다녀왔을 때 나는 엄마가 수리 기사와 약간의 언쟁을 하고 있는 모습을 보았다.

"150만 원이요? 아깐 그런 말씀 없으셨잖아요."

"사모님, 설명드렸잖아요. 이게 쉬운 일이 아니에요. 아래층에서 변기를 쓰지도 않는데 계속 오수가 차오르고 심하면 역류도 한다? 소리를 들어보니까 이건 정화조로 나가는 공동 오수 배관이 막혔다는 거예요. 변기를 다 뜯어내서 청소해야 됩니다. 제가 이 일 하루 이틀 한 게 아닌데요. 오수 배관이 막히면 물이 안 내려가고요, 위층에서 변기를 쓰면 낮은 층에서 그 영향을 고스란히 받게 돼요. 지금 안 고치면 위층이야 괜찮겠지만 지층은 언제 오수가 역류할지 모릅니다. 판단 잘 하셔야 돼요."

엄마는 갑작스러운 지출에 당황한 기색이 역

력했다.

"괜찮을 때도 있다고 하니까, 일단 저희끼리 해보고 안 되면 다시 연락드릴게요."

"그러세요, 그럼. 일단 석회 분해제 좀 넣어뒀으니까 일시적으로 막힌 건 내려갔을 거예요."

수리기사는 떨떠름한 얼굴로 출장비를 받고 떠났다. 엄마는 집으로 들어가 머리를 싸맸다. 가만히 듣고 있던 아빠는 엄마에게 말했다.

"자꾸 일 벌이지 말고 일단은 그냥 둬. 당장 어떻게 되는 것도 아닌데."

"갑자기 폭발하거나 하진 않겠지? 큰일이네. 돈 들어갈 데도 많은데."

"안 하던 짓을 하니까 그렇지."

정말 아빠가 말한 대로 당장 어떤 일이 일어나지는 않았다. 계속 그렇게 무사 평안 했으면 좋았을 것이다.

며칠 뒤 잠들기 전, 나는 밖에 비가 오는 것을

봤다. 내일 학교에 가기 전까지는 부디 비가 그쳤으면 좋겠다고 생각하며 평소와 다름없이 잠자리에 들었다.

초인종 소리에 눈을 뜬 나는 비몽사몽간에 현관으로 향했다. 인터폰으로 순미 이모를 확인하고 얼른 현관문을 열었다. 그 순간, 나는 구역질이 날 정도로 지독한 하수구 냄새를 맡았다. 이모 등 뒤에는 정원과 유정이 새파랗게 질린 얼굴로 서 있었다.

내가 큰 소리로 엄마와 아빠를 부르자, 두 사람이 안방에서 눈을 비비며 함께 나왔다. 순미 이모는 무척 난처하고 곤란한 낯으로 더듬거리며 말했다.

"상희야. 미안하다. 내가 너무 경황이 없어서 여기로 그냥 쫓아 올라왔어."

"어쩐 일이야, 이 시간에?"

"어쩌면 좋아. 집이 물바다가 됐어. 자다가 축축해서 눈을 떠보니까 그렇게 됐더라고. 밖에서 흘러들어 온 물은 아닌 것 같아서 살펴보니 화장실에 물이 가득 차 있네. 변기에서 역류한 모양이야. 왜 이렇게 됐는지, 도통 알 수가 없어."

순간 허물어지는 엄마의 얼굴을 나는 보았다. 우리는 세 모녀에게 수건과 따뜻한 차를 내어주었다. 세 사람이 일단 샤워하기를 원해 엄마는 갈아입을 옷을 준비해 안방 욕실로 들여보냈다. 그리고 서재 방에 이부자리를 보았다. 엄마와 아빠는 아니나 다를까 속살거리며 서로에게 책임을 떠넘기기 바빴다.

"이젠 고압 세척까지 해야겠네. 푼돈 아끼려다가 목돈 나가게 생겼어. 이게 뭐야."

"아무 일도 없을 거라며, 당신이."

"내가 언제?"

150만 원은 어느새 푼돈이 되었고 두 사람은 골치 아프게 됐다며 인상을 찡그렸다. 나는 순미 이모와 정원, 유정이 며칠 혹은 몇 주간 어디서 어떻게 지낼지가 걱정이었다. 자신들의 안일한 결정으로 비롯된 일이라는 건 금세 잊은 것인지 아빠는 본인이 사는 집이니 이모가 반 정도는 수리 비용을 감당하게 하는 것이 맞지 않느냐고, 그래야 본인도 우리에게 덜 미안할 것이라고 얘기했고, 엄마는 그 말에 동조했다.

다음 날부터 B01호 공사가 시작되었다. 진작 수리기사의 말을 들었다면 욕실 공사만으로 끝낼 수 있었겠지만 역류로 인해 바닥에 물이 다 스며들어 욕실은 물론이고 장판 전체를 다 뜯어내 고압 세척까지 해야 하는 대공사였다. 보름간 세 모녀는 우리 집에서 살게 되었다.

그날부터였을 것이다. 엄마가 순미 이모네 가족을 성가시다고 인식하게 된 것이. 이모는 우리 중 가장 일찍 일어나 출근 준비를 했는데 새벽 5시부터 주방에서 달그락거리며 아침을 챙겨 먹는다고 엄마는 "순미 때문에 내가 아침형 인간이 됐다니까" 하고 은근히 눈치를 주었다.

정원은 유정이 집 안에서 꽥꽥 소리를 지르거나 (애들은 원래 아무 이유 없이도 꽥꽥 소리를 질렀다) 엄마가 드라마를 보고 있을 때 "나도 티비 볼래, 슈슈 언니 틀어줘" 하고 소리치면 얼른 입을 막기 바빴다. 엄마는 유정을 예뻐하는 편이었지만 몇 시간을 뛰어다녀도 지치지 않는 에너지는 버거워했다. 정원은 거실에 나오지 않고 되도록 동생과 서재에서 시간을 보냈다. 그러다 유정이 징징거리며 답답해하면 바깥에 데리고 나가 몇 시간이고 돌아오지 않았다.

아빠는 대체로 정원과 유정이 집에서 뭘 하든 신경 쓰지 않았는데 지나치게 의식을 하지 않은 나머지 사람이 있는지 없는지 확인도 하지 않고 거실이나 화장실 불을 함부로 껐다. 내가 초등학교를 졸업하기 전에 다니던 회사를 그만둔 아빠는 여태껏 이렇다 할 일자리를 구하지 않고 친구들을 만

날 때를 제외하고는 집에서 빈둥거렸다. 거실에 드러누워 마음대로 방귀를 뀌거나 트림을 하곤 해 엄마가 눈을 흘기면 자신이 왜 군식구 때문에 눈치를 봐야 하느냐고 유정이 있는 데서 말하기도 했다. 그 말을 들은 나는 서둘러 태블릿으로 애니메이션을 틀어 유정에게 보여주었다. 유정은 화면 속으로 빨려 들어갈 듯 애니메이션에 집중했다. 표정만 봐서는 그 애가 아빠의 말을 알아들었는지 알 수 없었다.

또한 엄마는 설명할 수 없는 이유로 (아마도 새로운 식구들의 존재 자체) 자신의 신경이 날카로워질 때마다 괜히 내 핑계를 대며 은석이가 예비 고3인데 집안 분위기가 잡히지 않는 것 같다고 근심하듯 말했다. 순미 이모는 그 얘기를 흘려듣지 않고 "네가 엄마 없을 때는 유정이 잘 챙겨야 하는 거 알지?" 하고 모두가 있는 자리에서 정원에게 당부했다. 그래서인지 정원은 평소에도 곧잘 조잘거리는 유정을 향해 쉿, 하고 주의를 주곤 했다.

예비 고3이라는 얘기를 여러 번 반복하다 보니 스스로 경각심이 생긴 것인지 엄마는 내게 성적을 조금 더 높일 수 있도록 학원이나 과외를 늘리면 어떻겠냐고 물었다.

"꼭 그래야 돼? 지금도 힘든데."

"힘들어도 어떡해. 너 지금 해야지, 고3 돼서 하려고 하면 두 배, 세 배 힘들어."

"그렇긴 하지."

내가 드물게 수긍하는 태도를 보이자 엄마는 반색하며 진짜 하고 싶었던 말을 꺼내놓았다.

"안 그래도 어제 상기 엄마 만났어. 요즘 상기가 고등학생들 대상으로 과외한다고 그러던데, 너도 형이랑 공부해볼래?"

상기 형이라면 작년에 서울대를 갔다고 플래카드가 스무 개 넘게 붙은 이 동네와 내 모교의 자랑이었다. 오래전부터 알고 지낸 동네 이웃이지만 그 형을 생각하면 꺼림칙한 기분이 가시지 않아 엄마의 노력에도 불구하고 그간 가까워질 수 있는 기회를 여러 번 걷어찼다.

"차라리 학원 수업을 좀 더 늘릴게. 나는 일대일로 공부하는 것보다 여럿이서 공부하는 게 잘 맞아."

상기 형을 꺼리는 이유를 내가 솔직히 말하면 그보다 훨씬 장황하게 변호하는 말들이 따라붙을 거라는 예감이 들어 대충 그렇게 둘러댔다. 내 성적 때문에 엉뚱하게 세 모녀에게 불똥이 튈까 봐, 나는 그날로 학원을 늘렸고 집에서도 전보다 더 공부에 집중하는 모습을 보여주었다.

엄마는 처음에는 정원에게 잘해주라더니 같이 살게 된 후로는 사소한 것들을 흠 잡기 시작했다. 가장 자주 하는 말은 정원이 너무 애답지 않아서 꺼림칙하다는 것이었다. 내 신경은 언제나 정원을 향해 있었기 때문에 정원이 화장실을 갈 때마다 타이밍을 재며 쩔쩔맨다는 걸 눈치채고 있었다. 나보다 반드시 먼저 일어나 씻는다는 것도, 그 애가 우리 집 냉장고를 절대로 열지 않는다는 것 역시. 나는 항상 식탁 위의 물병에 물이 떨어지지 않도록 가득 채워놓았고 꼭 밤에 샤워하고 아침에는 늦잠 자는 척했다. 사람이 있든 없든 방마다 불을 환하게 켜놓았고 엄마를 졸라 냉동실에 아이스크림을 채워두고 과자를 가득 사두었다.

　나는 정원을 응원하고 싶을 때마다 유정에게 잘해주었다. 정원에게 과자를 하나 주고 싶으면 유정에게 세 개 주었다. 그게 자연스럽게 정원의 손에 들어갈 수 있도록. 공사가 끝나갈 무렵 내 방에 걸려 있던 패브릭 포스터 중 하나를 떼어서 정원에게 주었다. 정원의 방에는 창문이 없었기 때문에 꽃과 나무가 그려진 그림이 벽에 붙어 있으면 답답함이 조금 덜하지 않을까 싶었다.

"방 정리하다가 남아서, 많거든. 가져갈래?"

조마조마하며 건넸는데 정원은 흔쾌히 받았다. 포스터를 가만히 들여다보던 정원이 물었다.

"무슨 꽃이고 무슨 나무야?"

몇 년이나 벽에 붙어 있던 그림이지만 흔하게 생긴 분홍색 꽃과 빗자루처럼 길쭉한 나무의 이름을 궁금해한 적은 단 한 번도 없었다. 나는 알고 있었는데 깜빡했다고, 기억이 나면 알려주겠다고 둘러댔다. 정원은 대답 없이 그저 고개를 끄덕이며 그 그림을 한참이나 눈에 담았다. 지나다 우연히 우리를 본 엄마가 조용히 주방으로 나를 부르더니 말했다. 엄마는 진심으로 염려하는 표정이었다.

"그러다 오해하겠다."

"뭘."

"네가 자기 좋아한다고. 쓸데없이 뭘 자꾸 줘."

"그런 거 아닌데."

"아닌 거 아니까 하는 말이야."

나는 엄마가 괜한 걱정을 하는 거라며 웃으며
그 순간을 모면했다. 잘은 몰라도 내 마음을 밝히
는 것이 정원을 지금보다 훨씬 불편하게 하는 것이
라는 자각은 있었다.

나는 그날 밤 꽃과 나무의 이름이 무엇인지 찾
기 위해 몇 시간이나 이미지를 검색했다. 확실하지
는 않지만 꽃은 작약, 나무는 미루나무인 것 같았
다. 사실 비슷하게 생긴 꽃과 나무 중에서 가장 마
음이 가는 꽃말을 고른 것이었다.

정원아 23:30

꽃이랑 나무 이름 생각났다 23:31

꽃은 작약, 나무는 미루나무 23:35

나는 뿌듯한 마음으로 편하게 잠들었다. 자고
일어나보니 정원에게 답장이 와 있었다.

고마워 1:20

나한테 제일 필요했던 거야 1:25

정원에게 필요했던 것이 패브릭 포스터인지, 꽃과 나무의 의미인지 알 수 없었지만 나는 정원이 꽃과 나무의 꽃말을 검색해보았으리라고 멋대로 생각했다.

집에는 오래된 피아노가 한 대 있었다. 집에서 유일하게 피아노를 연주했던 것은 외할아버지였는데 내가 다섯 살 때쯤 할아버지가 피아노를 쳐주셨던 기억이 어렴풋이 남아 있었다. 살아 계실 때는 한 번씩 조율했던 모양이지만 돌아가신 후에는 1년에 한 번 정도 열어서 엄마가 먼지를 닦는 것이 고작이었다.

피아노는 책이나 내 상패 따위를 올려놓는 용도로 쓰는, 거실 한편을 차지하는 오래된 인테리어

소품이 되었다. 거기에 처음으로 호기심을 가진 건
유정이었다. 유정은 괜히 거실 소파에 앉아 있는
내 주위를 맴돌다가 말했다.

"피아노다."

"응, 피아노야. 쳐볼래?"

유정이 힘차게 고개를 끄덕였다. 내가 피아노
의자에 앉혀주자 유정은 건반 위에 손가락을 올려
놓고 도레미파솔라시도를 쳐보더니 〈떴다 떴다 비
행기〉와 〈반짝반짝 작은 별〉을 쳤다.

"잘 치네. 다른 것도 칠 수 있어?"

"우리 언니가 잘 쳐."

멀찍이 서서 동생을 지켜보고 있던 정원을 향
해 나는 조심스레 물었다.

"피아노 배웠어?"

"조금."

유정이 기다렸다는 듯이 정원을 졸랐다. 언니,
〈엘리제를 위하여〉 쳐봐, 〈미뉴에트〉 쳐봐. 피아노

를 배운 적은 없지만 그 정도는 나도 어디선가 들어본 적 있는 곡들이었다. 나 역시 정원의 연주 실력이 궁금했다. 하지만 내가 있으니 유정의 청을 거절하지 않을까 지레짐작했다. 그도 그럴 것이 나와 같은 공간에 있으면 그 애가 불편하고 겸연쩍은 표정을 숨기지 못하고 재빨리 자리를 피해버리는 것을 몇 번이나 목격한 탓이다.

놀랍게도 정원은 피아노로 다가왔다. 그 애는 동생을 제 무릎에 앉힌 채 조심스레 피아노 건반에 두 손을 올렸다. 피아노는 조율한 지 오래되어 음이 동시에 두 개로 들리기도 하고, 둔탁한 소리가 났지만 듣기 싫지는 않았다. 정원은 유정이 주문하는 곡을 차례대로 연주했다.

솔직히 기대하지 않았는데 정원은 내게도 듣고 싶은 곡이 있으면 말해보라고 했다.

"난 그 곡 좋아하는데. 히사이시 조의 〈summer〉."

"아, 알아."

우두커니 서서 연주를 듣던 나는 주방 식탁에서 의자를 끌어와 피아노 옆에 (정원의 곁에) 본격적으로 자리를 잡았다. 정원은 그날 한 시간도 넘게 내가 부탁하는 곡과 유정이 좋아하는 곡을 연주해주었다. 모르는 곡은 악보를 찾아서라도 쳐주었다. 시간이 흐르자 손목과 손가락이 뻐근한지 그애가 스트레칭 하는 간격이 짧아졌다. 그런데도 그애는 연주를 멈추지 않았고 오히려 더 듣고 싶은 곡이 없는지 나에게 물어왔다. 나는 머뭇거리다가 〈천공의 성 라퓨타〉 OST가 듣고 싶다고 말해버렸는데 정원은 인터넷으로 그 곡의 악보를 열심히 찾아서 결국 쳐주었다. 그 애가 나를 위해 무언가를 해준 게 처음이라 감격스럽기도 했지만 이상하게 마냥 기쁘지만은 않았다. 그날 밤 침대에 누워 곰곰이 생각해보니, 그날의 정원은 무언가를 갚아나가듯 악착같이 피아노를 쳤다는 느낌이 들었다.

정원은 정원대로 나는 나대로 각자의 눈칫밥을 먹느라 로맨스는 전혀 끼어들 틈이 없었지만 그래도 시간은 흘렀고 B01호의 공사는 순조롭게 끝났다.

*

순미 이모는 엄마에게 진 신세를 자기가 할 수 있는 선에서 최선을 다해 갚으려고 노력했다. 그중 하나가 빌라 청소였다. 원래는 주에 한 번씩 건물을 청소해주던 업체가 있었는데 이모는 괜한 돈 들이지 말라며 직접 하겠다고 나섰다. 말을 뱉은 다음 날 바로 팔을 걷어붙이고 빌라 앞마당과 현관, 외벽을 꼼꼼히 청소했는데 생각보다 솜씨가 좋아서였는지 엄마는 굳이 말리지 않았다.

하지만 토요일 아침에 순미 이모와 정원이 함께 계단 청소하는 걸 목격한 순간, 나는 마음이 덜

컹 내려앉는 것 같았다. 청소를 돕지도 말리지도 못한 채 그 계단을 내려왔다. 마음 같아서는 쭈그려 앉아 그 계단에 눌어붙은 껌이나 가래침 같은 것들을 함께 닦아내고 싶었지만 혹시라도 엄마가 내려오다 그 모습을 보고 나를 (혹은 우리를) 의심스럽게 여길까 지레 겁먹고 자리를 피해버렸다. 돌이켜보면 정원을 만난 이래로 나는 내내 그런 태도를 취했다. 엉거주춤하게 친절을 베풀었고 엉성하게 배려하곤 최선이었다 자위했던 것이다.

그 일은 2학년 겨울방학 중에 일어났다. 아주 추운 날이었고, 나는 학원에 다녀오는 길이었다. 골목 끝에서부터 희락빌라 앞에 사람들이 모여 있는 것이 보였다. 가까이 가보니 좁은 골목길에 경찰차 두 대가 서 있고, 열 명도 넘는 이웃들과 엄마, 순미 이모 그리고 정원이 보였다. 그때까지만 해도 나는 심각성을 인지하지 못하고 대수롭지 않게 엄마에게 물었다.

"웬 경찰이야?"

"아유, 몰라. 이게 웬 난린지."

엄마는 고개를 저으며 대답을 피했다. 그제야 나는 아연실색한 정원의 얼굴이 눈에 들어왔다. 나는 곁에 선 순미 이모에게 대신 물었다.

"이모. 무슨 일이에요?"

"글쎄, 얘가 씻고 있는데 어떤 남자가 창문을 열고 훔쳐보고 있었대. 정원이랑 눈이 마주치자마자 달아나버렸다네."

"정확히 누군지는 못 봤고요?"

"누군지는 못 봤어."

정원이 대답했다.

"그 사람은 쭈그려 앉아 있었어. 마스크를 하고 뿔테 안경을 쓰고 있었는데, 처음 보는 사람이었어. 나이가 많아 보이진 않았어. 우리 또래 정도."

정원은 담담하게 대답했지만 놀란 기색은 숨

기지 못했다.

"CCTV에 찍히지 않았을까?"

"카메라가 현관에만 하나 달려 있어서. 골목 쪽은 수색해봐야 한다네."

이모가 정원의 어깨를 감싸안으며 내게 말했다. 30년 이상 된 구축 빌라들이 즐비한 골목이라 CCTV 각도가 나오지 않는 모양이었다. 그런데 나는 뿔테 안경이라는 단서에 자꾸만 누군가가 떠올랐다. 물론 그것 하나만으로는 증거가 될 수 없겠지만 우리 또래의 뿔테 안경이라면 바로 떠오르는 사람이 한 명 있었던 것이다.

경찰은 주변 빌라의 CCTV와 차량들의 블랙박스를 뒤졌지만 용의자를 특정하지 못했다고 했다. 경찰이 꽤 오랫동안 주변을 탐문하고 몇 차례나 빌라에 방문하자 이웃들은 도둑이 든 것도 아니고 큰 피해를 입은 것도 아닌데 괜히 수선을 피운다고 수군거렸다.

나는 엄마에게 욕실 창문을 훔쳐본 게 혹시 상기 형 아닐까, 하고 물었다. 그러자 엄마는 펄펄 뛰며 그 애가 그럴 리가 있냐고, 어릴 때 한 번 잘못했다고 편견을 가지고 보면 안 된다고 나무랐다. 그 애가 정신 차리고 공부를 얼마나 열심히 했는데, 하고 상기 형을 변호했는데 나는 아무리 생각해도 믿음이 가지 않았다.

4, 5년 전 비슷한 사건이 동네에 있었다. 상기 형은 자신의 집과 2미터도 되지 않는 간격으로 붙어 있는 옆 건물의 화장실 창문을 긴 막대를 이용해 열고 같은 학교에 다니던 여자애가 씻는 모습을 훔쳐보았다. 촬영까지 했다고 들었는데 이 사실은 동네 주민 몇몇 빼고는 알지 못했다. 형은 그 당시에도 특출나게 공부를 잘하는 아이였고, 착하고 모범적이기로 칭찬이 자자했다. 이 일은 금세 묻혔고 피해자인 여자애 가족은 이듬해 동네를 떠나 이사를 갔다. 상기 형이 자신의 치부를 감추고 싶어 하

는 건 어쩔 수 없는 일이라고 해도 이웃들조차도 한마음으로 그 일을 쉬쉬한다는 건 나로서는 신기한 일이었다.

증거가 없는 상황 속에서 정원은 혼자 고군분투했다. 자신이 얼굴을 확실히 봤기 때문에 몽타주를 그릴 수 있다고 했는데 그 순간 정원을 말린 것은 경찰이 탐문을 올 때마다 지키고 있던 엄마였다. 정확히 말하면 엄마가 에둘러 순미 이모에게 일을 크게 만들지 말자 했고 엄마의 의중을 읽은 이모가 정원을 말린 것이었다. 엄마는 희락빌라 세입자 때문에 분위기가 어수선해졌다는 식으로 동네 사람들이 불평한다고 했다. 어처구니 없었지만 그 말에 순미 이모는 별것도 아닌 일을 크게 만드는 게 자신도 내키지 않았다고, 정원도 그냥 넘어가기를 원하는 것 같더라고 엄마의 결정을 거들었다.

나는 이 일의 진상을 몇 주 뒤에 알게 되었다. 수업을 늘렸는데도 학원에서 실시하는 모의고사

성적에 드라마틱한 변화가 없자 엄마는 학원을 그만두고 상기 형에게 과외를 받는 게 어떻겠느냐고 다시 부추겼다. 형이 명문대에 진학했다고 해도 가르치는 능력과는 별개라고 생각했고 무엇보다 상기 형에 대한 의심이 해소되지 않은 상황에서 수업을 받는 것이 께름칙해 거절했는데 며칠 후 상기 형이 쓰던 노트와 포트폴리오가 내 책상 위에 올려져 있었다.

"얻어 왔다고?"

"어릴 때 상기 형이 너 귀여워했어. 고3 된다고 하니까 열심히 하라고 주더라."

아무리 내가 눈치가 없어도 그걸 믿을 정도로 바보는 아니었다. 의심은 어느새 확신이 되었고 나는 엄마의 눈을 똑바로 마주 본 채 물었다.

"맞지? 창문 훔쳐본 거, 뿔테 쓴 거, 그거 상기 형이지?"

"무슨 소리 하는 거야?"

"알고도 숨겨준 거야?"

내가 물러서지 않자, 엄마는 더는 시치미 떼는 게 무의미하다고 여겼는지 한숨을 내쉬고는 말했다.

"병이래. 약물치료 받고 있대. 상기네가 부탁하더라. 한 번만 봐달래."

"형이 나 과외해주기로 해서 숨겨준 거야? 그렇게 해서 수능 잘 보면 그걸로 끝이야?"

"그런 거 아니야. 걔네 엄마랑 내가 몇십 년을 알고 지냈는데 어떻게 모른 척하니. 울고불고하기에 젊은 애한테 기회 한번 주기로 한 거야. 노트는 상기가 너 공부 열심히 하라고 그냥 준 거야. 대가로 받은 건 절대 아니다?"

공교롭게 일이 이렇게 됐지만 이번만큼은 그냥 넘어가자고 적당히 눙치려 하는 엄마 앞에서 나는 노트를 찢고 집을 나왔다.

늦은 밤까지 거리를 헤매다, 놀이터에서 정원

에게 문자를 보냈다.

정원아 20:22

? 20:25

정원아 20:25

말을 해 20:29

잠깐 놀이터로 나와줄 수 있어?

해줄 말이 있어서 그래 20:30

추워 그냥 문자로 해 20:35

도망간 범인에 대한 얘기야 내가 아는

사람이고, 우리 엄마가 아는 사람이었어

엄마한테 한 번만 봐달라고 부탁했나봐

우리 엄마가 덮은 거야 내가 대신 사과할게

진심이야 이런 말로는 충분하지 않겠지만

20:45

그랬구나 20:48

미안 충격받았지 21:50

화가 좀 나기는 하는데 근데

왜 네가 미안해 22:22

우리 엄마가 그랬으니까

나도 미안하지 22:23

됐다 대리 사과는 거절할게

나 그런 거 싫어 그런 기분

나도 알아서 22:25

그래도 미안해 22:40

그냥 나한테 잘해줘 물론 너는

지금도 잘해주지만 22:50

*

 골목길에서 우연히 정원과 유정을 만나 억지로 슈퍼에 데려가 간식거리를 손에 들려준 적이 있었다. 집에 가는 길에 엄마와 순미 이모를 만났는데 우리가 한 손에 아이스크림을 하나씩 들고 나란히 걸어오는 것을 보고 이모가 함박웃음을 지었다. 유정이 해맑게 "오빠가 사줬어요" 하고 자랑하자 이모는 조금 과장되게 "은석이는 다정하기도 하다, 너 같은 아들 한 명 있으면 소원이 없겠어" 하고 내 등을 두드렸다. 분명 엄마를 의식해서 한 칭찬일 텐데 엄마는 기뻐하기는커녕 집에 들어서자마자 험담을 시작했다. 이모가 지나가듯 한 그 말 한마디를 곱씹으며 나를 넘보는 게 가당치도 않다고 코웃음을 쳤다.

  그날 엄마는 자발적으로 입을 열었다. 불편과 손해를 감수하며 순미 이모에게 B01호를 내준 이유를 마침내 털어놓은 것이었다.

  "걔 남편을 내가 소개시켜줬어. 이렇게 될 줄 알았나? 지금까지 빈털터리로 쫓겨 다니는 게 왠지 내 탓도 있는 것 같아서 책임을 좀 져주고 싶었어. 근데 이만하면 나는 할 만큼 했지. 어쨌든 자기가 선택한 건데 알아서 살아야지."

엄마는 상기 형 일을 감춰주었다는 사실을 내게 들킨 후로 이상하게 더 모질어졌다. 순미 이모에게는 B01호를 계약할 선택권도 주지 않은 채 임대차계약 만료 석 달 전 공인중개사 사무소에 매물을 내놓았다. 자신의 얄팍함과 인색함이 내게 까발려진 것에 대한 화풀이를 하는 게 아닌가 싶었다. 그 대상이 왜 내가 아니라 이모와 정원인지는 알수 없었다.

평소와 집 구조가 좀 달라졌다고 느낀 날이었다. 거실 한복판에 서서 뭐가 달라졌지? 혼자 중얼거리자 엄마는 소파에 앉아 TV를 보며 거추장스러워서 피아노 팔아버렸어, 하고 아무렇지도 않게 말했다. 유정이 가끔 집에 혼자 놀러 와 "피아노 쳐도 돼요?" 하고 물어보면 엄마는 늦은 저녁이라 안 된다고 하거나 은석 오빠가 공부 중이니 다음에 치라는 식으로 유정을 돌려보냈다. 나는 순미 이모네를 불러들인 자신의 선택을 매 순간 후회하는 엄마를 보는 것이 실망스러웠고, 호시탐탐 그들을 내쫓을 빌미를 만들기 위해 날을 세우는 엄마의 눈에 혹시라도 정원이 걸려들까 조마조마했다.

나는 그사이 수능을 치렀고 예상했던 대학에 합격했다. 자랑할 만한 대학은 아니었지만 아쉽지는 않았다. 정원은 진작 수능을 포기했고 취업 준비를 할 것이라고 했다. 그 애가 기숙사가 있는 지방의 직업학교에 간다고 했을 때 나는 그보다 수도권과 가까운 곳에 있는 전문대학과 직업학교를 추천해주었다. 그 애는 내가 추천한 곳은 별로 고려하지 않는 것 같았다. 순미 이모와 유정은 정원과 함께 바다가 있는 지방으로 간다고 했다. 유정이 그곳에서 초등학교에 입학하면 세 사람은 그때부터는 더는 떠돌지 않고 정착할 것이라고 했다. 세 사람이 떠나는 날이 코앞으로 다가왔는데도 나는 엄마를 원망하거나 후회하며 해이하게 시간을 흘려보냈다. 주춤거리기만 하는 내가 정말 싫었다.

이런 인간이라면 누구라도 좋아할 리 없다고 생각
했다.

엄마가 좀 더 좋은 사람이었으면 나는 걔한테
분명히 좋아한다고 말할 수 있었을 거야. 내 부모
가 어른다운 사람이었으면, 나도 용기를 내는 사람
이었을 거야. 그런 생각을 하며 아까운 시간을 보
냈다.

마침내 세 가족이 이사 가는 날 아침이었다. 거
의 밤을 새우고 아침을 맞이했는데 정원에게 문자
가 왔다.

은석아 7:08

응? 7:10

일어났으면 옥상으로 와 7:11

지금? 7:12

바로 7:14

세수와 양치를 하고 옥상에 갔는데, 나보다 정원이 먼저 도착해 있었다. 막 먼 곳에서 동이 트고 있었다. 정원이 들고 있는 케이크에 촛불이 켜져 있었다.

　　"뭐야?"

　　"너 일주일 후에 생일이잖아."

　　나는 멍한 기분에 말문이 막혔다. 정원은 작은 목소리로 생일 노래를 불러주었다. 노래가 다 끝난 뒤에 나는 촛불을 껐다. 나는 한 번도 정원의 생일을 챙겨주지 못했다. 사실 챙겨주고 싶었지만 생일을 물어보지도 못했다. 용기가 없어 하지 못한 일들은 이것 말고도 많았다.

　　"어…… 너무 고마워."

　　"그동안 잘 챙겨줘서 고마워."

　　정원이 애써 웃고 있었다. 2년간 정원이 웃는 걸 본 적이 있었던가? 바람이 불어 드러난 정원의 눈썹은 전보다는 조금 자라 있었다. 눈썹이 생기니

전보다 인상이 선명해진 느낌이 들었다. 문득 그 애가 내 앞에 그 어느 때보다도 또렷하게 존재하고 있다는 감격에, 나는 급작스럽게 고백을 하고 말았다.

"내가, 너 많이 좋아했으니까."

역시나 어설프고 굼뜬 고백이었다. 커다랗고 뜨거운 해가 드디어 환하게 떠올랐다. 한 시간 후면 정원은 바다가 보이는 도시로 떠나게 될 것이었다. 그때 정원이 말했다.

"사실 나도 너를 좋아했어."

우리는 고백하는 순간이 우리가 마주하는 마지막 시간이라는 것을 알았다. 왜 더 일찍 마음을 전하지 못했을까. 소중한 감정을 마치 하찮고 거북한 것인 양 감추기에 급급했다. 사랑이 비루하게 느껴졌던 이유는 우리를 둘러싼 세계가 비천해서였을까. 그럼에도 나는 흐릿한 감동에 머리가 조금 어지러웠다. 내가 이런 소극적인 사랑의 대상이었다는 사실이 믿기지 않았다. 간절한 사랑을 간직해온 사람이 나 하나가 아니었다는 사실을 알게 된 것만으로도 덜 외로워진 기분이었다.

세 모녀는 정해진 시간에 지체 없이 떠났다. B01호는 그들이 이사 왔던 그날의 모습 그대로 깨끗하게 비워져 있었다. 정원의 방을 살펴보다, 그 애가 패브릭 포스터를 그대로 두고 갔다는 걸 발견했다. 차라리 안심이 되었다. 새로운 집에는 분명히 창문이 있을 것이기에. 그 창문으로 햇살이 쏟아져 들어올 것이기에.

정원이 떠난 후에 나는 비로소 정원을 가꿀 수 있게 되었다. 가련하지 않은 정원, 취약하지 않은 정원, 향기로운 정원, 울창한 정원에 대하여.

작업 일기

전도유망한 소설가

내일의 내가 해주겠지. 나는 이 주문을 1n년 동안 철석같이 믿고 살았다.

오늘의 나는 믿지 않지만 내일의 나는 믿었다. 내일의 나는 오늘의 나보다 언제나 성실할 테니까. 리스펙! 내일의 나.

하지만 처음으로 내일의 나가 나를 배신했다.

첫 번째로 구상했던 이야기는 '곗돈 사기를 친

계주의 딸'을 사랑한 '피해 계원의 아들' 이야기였다. 나는 어릴 때 어촌 마을에서 살았는데 현금이 많이 도는 동네라서 그랬는지는 몰라도 몇 년에 한 번씩은 곗돈 사기 사건이 일어났다. 계의 특성상 오래 알고 지내던 동네 사람들끼리 얽히고설키는 일이 많았는데 초등학교에 다닐 때 계주의 아들과 계원의 딸이 싸우는 장면을 목격한 적이 있었다. 어릴 때라 상황 파악을 제대로 하지는 못했지만 "너희 엄마가 우리 엄마 돈 들고 도망갔잖아" 같은 말을 들었던 기억은 난다.

나는 어른들의 문제가 아이들에게로까지 번져 아이들이 자신이 느끼는 감정을 온전히 표현할 수 없는 상황에 대해 그려내고 싶었다. 그런데 이 이야기는 60매가량 쓰다가 도저히 진전이 되지 않아 갈아엎었다. 이때까지만 해도 할 만하다고 생각했다. 시간은 촉박했지만 금세 다른 소재가 떠올랐기 때문에 불안하지는 않았다. 60매를 버렸는데도 아깝지 않았다.

두 번째로 구상했던 이야기는 사이비종교를 믿는 부모 밑에서 태어나 어릴 때부터 신앙이 전부였던 세 아이들이 주인공이었다. 자급자족하며 공동생활을 하던 집단에서 그들은 형제자매로 불리지만 어느 순간 신이나 천국보다 더 중요한 것이 생긴다. 그것은 우정과 자유다.

이 소설은 40매 정도 쓰다가 포기했다. 구상을 할 때는 분명 재미있었는데 쓰다 보니 자꾸 산으로 갔다. 의도치 않게 〈그것이 알고 싶다〉나 〈PD수첩〉 같은 느낌이 들기도 했고. 조사를 너무 열심히 했다. 심각함을 덜어내려면 어떤 장면이 들어가고 어떤 장면이 빠져야 했을까. 이야기를 조금 더 숙성시킬 필요성이 있다고 느껴 일단은 보류하기로 했다.

나는 마감을 한참 넘겨버리고 말았다. 무슨 이야기를 써야 할지 도무지 생각이 나지 않았다. 하이틴. 하이틴은 내 전공이 아닌가? (아니다.) 청탁이 들어올 때부터 내게 주어진 키워드는 '하이틴'이었지만 괜히 다른 키워드를 다시 살펴보았다.

'칙릿' '퀴어' '하이틴' '비일상'

음. 하이틴이 가장 낫긴 했다.

고민 끝에 나는 조사를 안 해도 되는 소설을 쓰기로 했다. (첫 번째 소설을 쓸 때는 '계'의 원리를 이해하고 곗돈 사기 사건 사례를 조사하는 데 너무 오래 걸렸다.) 지방 출신인 나는 십대 때 수도권으로 올라온 뒤 수없이 많은 이사를 했는데 그러면서 꽤 다양한 주거 형태를 경험했다. 그중 인상적이었던 것은 단연코 반지하다. 이십대 초반의 나는 꽤 순진했기 때문에 부동산 중개인의 말을 곧이곧대로 믿었다. (햇볕이 이렇게 잘 드는데 무슨 반지하야. 조건 엄청 훌륭한 거야. 이 가격에 방 두 칸짜리 집을 어디서 구해. 그런 말들.)

　　주인은 구십 넘은 노인이었다. 빌라 앞에 커다랗게 국가유공자 OOO의 집이라는 명패가 달려 있었다. 그걸 보고 조금 믿음이 갔었던 것 같기도 하다. 그 집에서 사는 2년 동안 나는 알게 되었다. 주거 공간이 인간에게 주는 영향을. 나는 내가 꽤 무던한 인간이라고 생각했고, 그런 평가를 들으며 살아왔다. 그런데 습한 공기는 이따금 나를 침잠하게 만들었다. 빌라의 위치가 꽤 높은 언덕이라 한 쪽 방은 지상에 있고 다른 쪽 방은 지하였다. 지상에 침대를 두고 지하에 책장과 잡동사니를 잔뜩 쌓아두었는데, 어느 날 보니 책에 곰팡이가 슬어 있었다. 그때 내가 느꼈던 우울함은 지금까지도 선연하다.

　　주인 노인은 '나이가 많으니까'라는 말로는 변

호할 수 없을 만큼 무례하고 몰상식한 사람이었다. 자신이 주인이라는 이유로 집 안에 들이는 가구와 물건을 하나하나 현관에서 검사했고 에어컨 실외기가 빌라 미관을 해치니 동관을 길게 늘려 최대한 숨기라고 말했다. (에어컨도 없이 살았던 이전 세입자는 얼마나 괴로웠을까.) 에어컨 설치기사님이 주인과 맞서 싸워주었지만 주인 목소리가 훨씬 더 커서 결국 그의 뜻대로 되었다. 나는 에어컨 기기 비용보다 동관 비용을 더 내야 했다. (설치기사님이 이런 일은 처음이라고 했다.)

나는 이런 일들을 사소한 일이라고 생각하고 참고 넘겼다. 지방에 있는 부모님에게 걱정을 끼치기 싫었고 신고하기에는 뭔가 중요한 일을 하는 분들에게 민폐를 끼치는 것 같았다. 참다 참다 내가 주인에게 불편을 토로하면 주인은 나를 이해하지 못했다. 언젠가 나는 깨달았다. 주인은 일부러 나를 괴롭히려고 그러는 것이 아니라, 그저 자신의 빌라를 관리하는 것뿐이라는 것을. 진심으로 그는 내게 악의가 없었다.

빌라는 소설에 등장한 대로 지층이 있는 4층 빌라였다. 열 가구가 살 수 있는 다가구주택에 대여섯 가구밖에 살지 않았던 것으로 기억한다. 모두 주인과 심한 트러블을 겪고 나간 것이었다. (2년 후 내가 집을 비울 때 알게 된 사실은 이 집이 주변 공인중개사 사무소 수십 곳에 블랙리스트로 등록되어 있다는 것이었다.)

황당하지만 그는 내가 집을 나서면 마당에 앉아서 지켜보다가 잘 다녀오너라, 하고 인사를 건네기도 했다. 집을 유지 및 관리할 때 누군가가 거추장스러우면 막무가내로 행동했다가 자기 기분이 좋으면 농담을 건네기도 하는 것이었다. 그가 '집'에 관련된 일에만 이상하게 굴었으므로 나는 내 추측이 맞다고 생각했다. 인간은 별다른 의도나 대단

한 악의를 가지고 있는 게 아니어도 누군가를 고통스럽게 할 수 있는 것 같았다.

나는 경험을 바탕으로 소설을 다시 구상했다. 지리멸렬한 어른들의 문제가 어른들 선에서 끝나지 않고 아이들에게까지 영향을 미칠 때, 아이들은 그 상황을 어떻게 타개해나갈 것인가. 예상은 했지만 결국 명쾌하고 유쾌하게 극복할 방법은 찾지 못했다. 하지만 아무리 치열하게 노력해봐도 상상한 것에 한참 못 미치는 결과물을 내는 것이 십대 시절 아니던가.

소설을 쓰면서 나는 자주 주춤거렸다. 은석과 정원을 한 공간에 둘 때마다 내가 어색해서 얼른 서로를 떨어뜨려놓았다. 아이들은 2년이라는 기간 동안 가까운 곳에 살며 서로의 사정을 알고 싶지 않은 것들까지 알게 되지만 끝끝내 서로에게 '털털한' 모습을 보이지는 않는다. '털털하다'는 '하는 짓이 까다롭지 않고 소탈하다'는 뜻이다.

　　순미네 가족은 '가족 내 스토킹'의 피해자이다. 생존하기 위해 그들은 사바나의 초식 동물처럼 예민한 감각들을 발달시켜왔을 것이다. B01호에 얹혀살게 되었지만 호의를 그저 호의로 받아들이고 마음 편히 지내기에는 정원이 살았던 세계가 그리 호락호락하지 않았다. 이런 아이의 몸가짐이 자유로울 수 있을까.

　　정원과 은석, 두 사람이 편안하게 만나서 대화하고 웃고 떠드는 장면들이 도무지 그려지지 않았다. 썼다가 지우고 썼다가 지웠다. 나는 그들에게 영원한 거리를 부여했다. 어른들이 어른답지 못할 때 아이들은 이렇게 손발이 묶인 채로 부자유한 삶을 살게 되는 것이 아닐까.

　　이 소설 속의 아이들은 힘이 없다. 지나치게 수동적이고 무기력하게 보일 수도 있을 것 같다. 하지만 한 사람은 살아남기 위해, 또 한 사람은 보호하기 위해 나름대로 애써왔다. 보는 사람들 입장에서는 어쩌면 충분치 않게 느껴질 수는 있겠지만 말이다.

십대의 이야기를 쓸 때, 내가 한 가지 위안 삼을 수 있는 것은 인물들이 아무리 큰 실수를 하고, 큰 고통을 당하고, 누군가에게 상처를 준다고 해도 그것을 만회할 시간이 그들에게는 아직 충분히 남아 있다는 사실이다. 이 소설 속의 아이들은 결국 사랑의 언저리만 더듬거리다 헤어지지만 나는 그들이 망한 사랑을 했다고 생각하지는 않는다. 이 사랑의 경험을 토대로 그들은 언젠가 더 자유롭게, 더 유망한 사랑을 할 것이다.

십대 이야기를 쓰고 난 뒤에는 어쩔 수 없이 나의 십대를 떠올리게 된다. 나는 십대 시절의 백온유가 상상했던 것보다 더 잘 살고 있다. (소박했던 것 같다.) 그렇다면 '내일의 나'를 아직 믿어볼 만한 건가.

철없는 말처럼 느껴지겠지만 소설을 쓰는 동안 나는 내가 좀 어디가 아프길 바랐다. 이래 봬도 은근히 건강 체질이라 잘 아프지도 않는다. 핑계댈 것이 없어 몹시 괴로웠다. 오늘까지만 실망하고 내일부터는 다시 기특해해야지. 소설을 쓰는 사람에게는 용기가 필요하다. 일단 나라도 나에게 용기를 주어야겠다. 그런 의미에서 작업 일기 제목을 거창하게 지어본다.

정원에 대하여

초판 1쇄 발행 2025년 1월 23일

지은이 백온유

펴낸이 안병현 김상훈
본부장 이승은   총괄 박동옥   편집장 박윤희
책임편집 정수향
마케팅 신대섭 배태욱 김수연 김하은   제작 조화연

펴낸곳 주식회사 교보문고
등록 제406-2008-000090호(2008년 12월 5일)
주소 경기도 파주시 문발로 249
전화 대표전화 1544-1900   주문 02)3156-3665   팩스 0502)987-5725

ISBN 979-11-7061-221-6 (04810)
      979-11-7061-151-6 (세트)
책값은 표지에 있습니다.